에이프릴의 고양이

에이프릴의

고양이

클레어 터레이 뉴베리 그림/글 · 김준섭 옮김

시공주니어

클레어 터레이 뉴베리(1903~1970)
미국에서 태어났다. 고양이를 무척 사랑하여, 고양이의 익살스러운 행동과 포즈를 주제로 많은 작품을 남겼다. 클레어 터레이 뉴베리의 작품은
은근한 유머와 솔직한 대화, 간단한 구성이 특징이다. 칼데콧 아너 상을 네 번이나 받았는데, 그 중《에이프릴의 고양이》는 1940년 수상 작품이다.

김준섭
서울대학교 영어영문학과를 졸업하였다. 지금은 어린이책 번역을 하고 있다.

에이프릴의 고양이

초판 제1쇄 발행일 1998년 12월 15일
초판 제40쇄 발행일 2014년 4월 10일
지은이 클레어 터레이 뉴베리　옮긴이 김준섭
발행인 이원주　발행처 (주)시공사
주소 137-879 서울시 서초구 사임당로 82
전화 영업 2046-2800 편집 2046-2825~8
인터넷 홈페이지 www.sigongjunior.com

APRIL'S KITTENS
written and illustrated by Clare Turlay Newberry.
Copyright ⓒ 1940 by Clare Turlay Newberry,
Copyright renewed 1968 by Clare Newberry.
All rights reserved.
Korean translation copyright ⓒ 1996 by Sigongsa Co., Ltd.
This Korean edition was published by arrangement with Clare Turlay Newberry c/o
McIntosh and Otis, Inc., New York through KCC, Seoul.

이 책의 한국어판 저작권은 KCC를 통해
Clare Turlay Newberry c/o McIntosh and Otis, Inc.와 독점 계약한
(주)시공사에 있습니다. 저작권법에 의해 한국 내에서 보호받는 저작물이므로,
무단 전재와 무단 복제를 금합니다.

ISBN 978-89-7259-478-9 77840

*시공주니어 홈페이지 회원으로 가입하시면 다양한 혜택이 주어집니다.
*잘못 만들어진 책은 구입하신 서점에서 바꾸어 드립니다.

플레처 H. 버뎃에게

얗고, 발바닥은 아주 연한 분홍빛이었습니다. 에이프릴은 검지로 털이 보송보송한 새끼 고양이의 머리를 살살 쓰다듬으며 행복해하였습니다. 그리고는 다른 새끼 고양이들과 시바도 섭섭해하지 않도록 쓰다듬어 주었습니다.

이 집에서는 고양이를 한 마리밖에 키울 수 없다니, 에이프릴은 아빠가 뭔가 잘못 생각하고 있는 게 틀림없다고 생각했습니다. 여기 이렇게 고양이 네 마리가 있고, 우리 가족은 전보다 훨씬 더 행복하잖아! 에이프릴은 그렇게 생각했습니다.

어느 날 에이프릴이 엄마에게 물었습니다. "엄마! 새끼 고양이들 이름을 뭐라고 지으면 좋을까요?"

엄마는 에이프릴의 옷을 늘이다가 고개를 들면서 말했습니다. "글쎄, 어디 보자, '토미'는 어떨까? 아니면 '타이거'? '태비'?"

에이프릴은 얼굴을 한껏 찡그리고 생각했습니다. 그리고는 고개를 저었습니다.

"아냐, 엄마! 다 마음에 안 들어요."

"글쎄, 그렇다면 '밋지'는? 아니면 '마우서'? 그 까만 고양이는 '미드나이트'라고 부르는 게 어떨까?"

에이프릴은 엄마가 이름을 댈 때마다 이렇게 말했습니다. "싫어요오, 엄마. 마음에 안 들어요." 그리고 고양이 이름을 좀더 생각해 달라고 떼를 썼습니다. 이렇게 며칠이 지났습니다. 마침내 아빠도 한몫 거들게 되었습니다.

어느 날 아침, 아빠는 큰 소리로 말했습니다. "내가 새끼 고양이들의 이름을 지어 주마. 두말 안 나오게 근사하게 지어 주지." 아빠는 거실을 가로질러 고양이집 쪽으로 성큼성큼 걸어갔습니다. 이미 눈을 뜬 새끼 고양이들은 시바의 위로, 아래로, 그 주위를 쉴새없이 돌아다니고 있었습니다. 새끼 고양이들에게 이름을 지어 주기에 딱 알맞은 때였습니다.

"음." 에이프릴의 아빠는 새끼 고양이들을 찬찬히 들여다보았습니다. 아빠가 까

만 고양이의 토실토실한 배를 간질이자, 고양이는 기지개를 펴면서 동그란 분홍색 입과 세상에서 가장 작은 이를 드러내며 하품을 했습니다. 모두들 그 모습에 웃음을 터뜨렸습니다.

"새끼 고양이여, 네게 '차콜'이라는 이름을 내리노라." 아빠가 선언하듯 말하자, 에이프릴은 키득키득 웃으며 좋아했습니다.

아빠는 그 다음으로 하얀 구석이라고는 조금도 찾아볼 수 없는 줄무늬 고양이를 쓰다듬으며 말했습니다.

"새끼 고양이여, 네겐 '버치'라는 이름을 내리노라!"

에이프릴은 웃음을 터뜨렸습니다. "아빠, 정말 좋은 이름이에요! 이 고양이에겐 버치란 이름이 참 잘 어울려요."

아빠는 다시 한 번 엄숙하게 말했습니다. "그의 이름은 버치로 하노라." 그리고는 마지막으로 남은 세 번째 고양이를 쓰다듬었습니다. 그 고양이는 새하얀 얼굴에 이마 한가운데로 가르마를 탄 것 같은 모습이었습니다.

에이프릴은 숨을 죽였습니다. "오, 아빠! 이 고양이 이름은 특별히 잘 지어 주셔야 해요."

아빠가 말했습니다. "준비되었느뇨, 새끼 고양이여. 네겐 '브렌다'라는 이름을 내리노라. 에이프릴, 이젠 됐지. 차콜, 버치, 그리고 브렌다."

"브렌다." 에이프릴은 마지막 고양이 이름을 또박또박 되뇌어 보았습니다. "아빠, 정말 근사해요. 아빠는 고양이 이름짓는 데 선수예요!"

"고맙다, 에이프릴. 내가 생각해도 그렇게 나쁘지는 않구나."

아빠는 엄마에게 얼굴을 돌리며 말했습니다.

"마거릿, 새끼 고양이들에게 딱 맞는 이름까지 지어 주었으니, 이제 이 고양이들을 어떻게 하지? 며칠만 있으면 고양이집에서 기어 나와 집 안이 온통 고양이 세상

버치

이 될 텐데. 고양이를 밟지 않고서는 다른 방으로 건너가지도 못할 거야. 아직도 데려다 키우겠다는 사람을 찾지 못했소?"

아빠의 말에 에이프릴은 안 된다며 한바탕 우는 소리를 냈습니다.

"아이, 아빠! 우리가 다 기르면 안 돼요?"

엄마가 나직하게 말했습니다. "찰스, 그렇게 말하지 말아요."

아빠는 겸연쩍은 듯이 에이프릴의 얼굴을 힐끔 쳐다보고는 서둘러서 말했습니다. "나도 알아요, 알아, 마거릿. 그래서 당신한테 에이프릴이 새끼 고양이들에게 정을 붙이기 전에 어떻게 해 보라고 하지 않았소? 이제 어떻게 해야 하지?"

에이프릴은 엄마를 졸랐습니다. "엄마, 우리가 길러요. 제발, 우리가 길러요!"

엄마는 잠시 생각에 잠기더니 이렇게 말했습니다.

"에이프릴에게 새끼 고양이 한 마리를 기르게 하고, 시바와 나머지 두 마리는 다른 사람들에게 줘 버리면 어떻겠어요?"

아빠는 환하게 웃었습니다. "바로 그거야! 왜 여태 그 생각을 못 했지? 너도 새끼 고양이와 노는 게 더 좋지? 그렇지, 에이프릴?"

엄마가 달래듯이 말했습니다. "물론 그럴 거예요. 다른 고양이들에게는 좋은 집을 찾아 주면 돼죠, 뭐. 에이프릴, 그렇게 하는 게 어떻겠니?"

에이프릴은 눈물이 흘러내리지 않도록 눈까풀을 빠르게 깜빡이면서 새끼 고양이들을 내려다보았습니다. 새끼 고양이들 가운데 한 마리만 골라야 한다면, 그게 어떤 고양이인지는 뻔한 일이었습니다. 새끼 고양이 모두를 사랑하지만, 앙증맞은 새하얀 발과 머리 한가운데로 깜찍하게 가르마를 탄 브렌다, 작고 귀여운 브렌다가 단연 일등이었거든요. 하지만 어떻게 시바를 보낼 수 있을까요?

"새끼 고양이를 키우려면 정말로 시바를 내보내야 해요?" 에이프릴의 목소리가 떨려 왔습니다.

브렌다

"어쩔 수 없구나, 에이프릴. 아빠는 고양이들이 집 안을 헤집고 돌아다니는 걸 싫어하시잖니."

에이프릴은 깊이 한숨을 내쉬고는 시바의 검정 벨벳 같은 털을 쓰다듬었습니다. 시바가 까실까실한 혀로 차콜을 핥다가, 갑자기 에이프릴의 손을 핥았습니다. 에이프릴의 눈에서 눈물이 솟았습니다. 눈물이 차콜의 등 위로 천천히 떨어져, 부드러운 털엔 젖은 얼룩이 생겼습니다.

"엄마, 그러면 시바는 어떻게 되는 거예요?"

엄마가 목소리를 높여 말했습니다. "글쎄, 모르겠다. 아마 헬렌 이모가 데려갈 거야. 시바도 시골에서 사는 걸 좋아할걸, 정말이란다. 하지만 네가 시바를 기르고 대신 새끼 고양이들을 다른 집에 주고 싶다면, 그렇게 하렴. 어쨌든 우리 집에서 고양이 한 마리만 기른다면 상관없으니까. 아빠도 그렇게 말씀하셨잖니."

에이프릴은 목이 잠겨 왔습니다. "네, 엄마, 저도 알아요."

다음 날은 아주 중요한 날이었습니다. 새끼 고양이들이 처음으로 접시에 담긴 우유를 먹는 날이었거든요. 새끼 고양이들은 사실 그게 뭔지도 몰랐습니다. 하지만 코를 몇 번 접시에 디밀어 보더니 어떻게 해야 할지 알아차리기 시작했습니다. 새끼 고양이들은 우유를 할짝할짝 핥았습니다. 그러나 아주 고생을 했습니다. 머리를 까딱여도 우유에 닿지 않거나, 아니면 고개를 너무 깊이 숙이는 바람에 코까지 잠겨 버렸습니다. 새끼 고양이들은 재채기를 하며 고개를 흔들어 대곤 했습니다.

새끼 고양이들은 바보처럼 접시에 발을 들여놓아서는 안 된다는 것도 모르는 것 같았습니다. 에이프릴과 엄마는 고양이들을 계속 접시 밖으로 끌어내야만 했습니다.

엄마가 말했습니다. "괜찮아, 귀여운 고양이들아. 곧 잘 할 수 있을 거야." 엄마가 새끼 고양이들을 다시 고양이집에 넣어 주자, 시바는 새끼들 몸을 구석구석까지

새끼 고양이들은 금세 어미 고양이처럼
우유를 잘 핥아먹을 수 있게 되었습니다.

핥아 주었습니다. 새끼 고양이들은 얼굴이 온통 우유범벅인데다 발까지 흠뻑 젖어 있었거든요.

그 뒤로 새끼 고양이들은 매일매일 접시에 담긴 우유를 먹었습니다. 하루하루 재채기와 실수가 줄어들더니, 목으로 넘어가는 우유는 점점 더 많아지고 앞발과 수염에 우유가 묻는 일은 점점 줄어들었습니다. 새끼 고양이들은 금세 어미 고양이처럼 우유를 잘 핥아먹을 수 있게 되었습니다.

어느 날 오후에 엄마 친구인 돌턴 부인이 차를 마시러 왔습니다. 돌턴 부인은 어린 아들을 데리고 왔습니다.

에이프릴의 엄마가 말했습니다. "에이프릴, 인사해라. 얘는 조프리란다."

에이프릴과 조프리는 어색하게 악수를 나누고는 뒤로 물러서서, 수줍은 듯이 서로를 쳐다보았습니다.

조프리가 돌턴 부인의 소맷자락을 잡아당기며 다급하게 속삭였습니다. "엄마, 엄마! 고양이들은 어디에 있어요? 여기 오면 새끼 고양이들이 있을 거라고 했잖아요!"

에이프릴의 엄마가 말했습니다. "에이프릴, 조프리가 새끼 고양이 한 마리를 데려갈 거야. 그러면 우리가 조프리네 집에 갈 때마다 그 고양이와 놀 수 있지 않겠니? 괜찮겠지?"

에이프릴이 조그마한 목소리로 대답했습니다. "네, 엄마." 에이프릴은 낯선 사람 앞에서는 수줍음을 많이 타는 아이였거든요.

모두들 새끼 고양이를 보러 거실로 갔습니다.

"새끼 고양이다!" 조프리는 기뻐하며 소리를 지르더니, 고양이집 옆에 털썩 무릎을 꿇었습니다.

조프리의 엄마도 탄성을 올렸습니다. "오, 조프리, 새끼 고양이들이 정말로 귀엽

버치와 브렌다

구나! 에이프릴, 너는 어느 고양이가 좋으니? 조프리가 아무 고양이나 데려가도 괜찮겠니?"

에이프릴의 엄마가 공손하게 대답했습니다. "아, 그럼요. 괜찮고 말고요."

에이프릴은 가슴이 철렁 내려앉았습니다. 다른 고양이들에게 상처를 줄까 봐, 아직까지 한 번도 브렌다를 가장 사랑한다고 말하지 않았거든요. 게다가 지금은 돌턴 부인과 조프리까지 함께 있어서 뭐라고 말하기가 너무나 쑥스러웠습니다. 에이프릴은 엄마한테 바싹 붙어서, 걱정스러운 눈빛으로 두 사람이 꼼지락거리는 새끼 고양이들을 하나하나 쓰다듬는 모습을 지켜 보았습니다.

에이프릴의 엄마가 말했습니다. "에이프릴은 고양이라면 사족을 못 써요. 새끼 고양이들은 물론 어미 고양이까지 모두 키우자고 우긴다니까요." 그러더니 엄마는 돌턴 부인과 무척 재미있는 농담이라도 나눈 것처럼 웃음을 터뜨렸습니다.

마침내 조프리가 버치를 들어 안았습니다.

"난 이 고양이를 가질래요. 이 고양이가 제일 좋아요." 조프리의 말에 에이프릴은 마음을 놓았습니다.

차를 마시면서 에이프릴의 엄마는 버치를 어떻게 돌봐야 하는지, 먹이는 어떻게 주어야 하는지 설명해 주었습니다. 돌턴 부인은 그렇게 하겠다고 약속하면서, 혹시 조프리가 버치를 심하게 다루지는 않는지 살펴보겠다고 했습니다. 조프리는 이제 겨우 네 살이라 새끼 고양이를 어떻게 돌봐야 하는지 잘 모를 수도 있으니까요.

차를 다 마신 다음에 돌턴 부인과 조프리는 돌아갔습니다. 버치는 조프리의 코트 속에 아늑하게 파묻혀 있었습니다.

다음 날에는 미스 엘웰이 에이프릴의 집에 놀러 왔습니다. 미스 엘웰은 고양이를 무척 좋아해서, 좁은 아파트에 살면서도 아주 큰 고양이를 두 마리나 기르고 있었습니다. 하지만 남편도 아이도 없이 혼자 살기 때문에 고양이를 기를 만한 공간이 조

금 넉넉했습니다.

엄마가 물었습니다. "새끼 고양이를 한 마리 데려다 기르지 않겠어요, 미스 엘웰?"

미스 엘웰이 소리쳤습니다. "세상에, 그건 말도 안 돼요! 이미 고양이를 너무 많이 기르고 있는 걸요. 아주머니도 한번 우리 집 고양이 밥값 청구서를 보셔야 해요. 가슴이 덜덜 떨릴 정도라니까요!"

하지만 미스 엘웰은 차콜과 브렌다가 소파 쿠션 사이에서 숨바꼭질을 하며 노는 모습을 보고는 마음이 흔들리기 시작했습니다.

"어머, 너무 귀여워요! 정말로 예쁘네!" 미스 엘웰은 계속 같은 말을 되풀이했습니다. 그러더니 결국 새끼 고양이 한 마리를 당장 데려가기로 마음먹었습니다.

미스 엘웰은 브렌다를 쓰다듬으며 물었습니다. "한 마리 가져가도 괜찮을까요?"

엄마가 말했습니다. "물론이에요. 맘에 드는 놈으로 데려가세요." 에이프릴은 미스 엘웰이 처음에는 브렌다를, 다음에는 차콜을, 다시 브렌다를 쓰다듬는 모습을 근심어린 눈빛으로 지켜 봤습니다.

마침내 미스 엘웰은 차콜을 들어올리더니 뺨에다 가져다 대며 말했습니다. "괜찮다면, 이 고양이를 데려갈게요. 기르고 있는 고양이가 둘 다 까만색이니까, 이 새끼 고양이가 잘 어울릴 것 같아요."

에이프릴은 살며시 미소를 지었습니다. 여전히 브렌다가 곁에 남아 있으니까요.

엄마가 말했습니다. "집에 있는 큰 고양이들이 차콜을 놀라게 하지 않았으면 좋겠네요. 그 고양이들은 아주 크고, 차콜은 아주 조그맣잖아요."

미스 엘웰이 웃음을 터뜨렸습니다. "다른 고양이들도 마찬가지일 거예요. 큰 고양이들도 처음에는 차콜을 무서워하겠죠. 하지만 하루나 이틀 정도 지나면 잘 어울려 지낼 거예요."

차콜

큰 고양이들도 처음에는
차콜을 무서워하겠죠!

미스 엘웰이 차콜을 데리고 가 버리자 이젠 시바와 브렌다만 남았습니다.

엄마가 말했습니다. "내일은 일요일이니까 시바를 헬렌 이모네로 데려가는 게 좋을 것 같구나. 아빠가 차로 데려다 주실 거야." 엄마는 슬픔에 잠긴 에이프릴의 얼굴을 보며 꾸짖듯이 말했습니다. "에이프릴, 그걸 가지고서 심술을 부리진 않겠지? 너도 아빠가 뭐라고 말씀하셨는지 잘 알잖니."

에이프릴은 침을 꿀꺽 삼키며 조용히 서 있었습니다. 아무렇지도 않은 것처럼 굴려고 했지만, 그건 어려운 일이었습니다. 그 날 저녁, 에이프릴은 브렌다에게는 전혀 신경을 써 주지 못했습니다. 줄곧 시바를 따라다니면서 정성을 쏟아 부었기 때문입니다. 시바를 즐겁게 해 주려고 간 고기를 손으로 먹여 주기도 하고, 잠을 자려고 누우면 재빨리 인형 담요를 덮어 주었습니다.

그 날 밤 에이프릴은 좀처럼 잠을 이룰 수가 없었습니다. 불쌍한 시바를 생각하면서 아기 침대 안에서 말똥말똥 깨어 있었습니다. 에이프릴은 시바가 헬렌 이모네 집에서 잘 지낼 수 있을까 걱정스러웠습니다. 혹시 외로워하거나 슬퍼하지는 않을까? 갑자기 거실에서 인기척이 들려 왔습니다.

아빠가 엄마에게 물었습니다. "내일 우리가 시바를 데리고 온 걸 보면 헬렌이 뭐라고 할까? 키우고 싶어할까?"

엄마가 잠깐 웃음을 보였습니다.

"글쎄요, 그럴 것 같지 않아서 걱정이에요. 오히려 브렌다를 훨씬 더 갖고 싶어하겠죠. 하지만 시바를 키울 사람이 나타나지 않으면 자기가 맡겠다고 약속했어요. 헬렌은 자기가 직접 키우지 않더라도 이웃에게 줄 수 있을 거예요."

잠시 동안 침묵이 흘렀습니다. 이윽고 아빠가 입을 열었습니다.

"불쌍한 시바, 좋은 집을 찾아야 할 텐데. 시바는 정말 착한 고양이야."

엄마도 아빠의 말에 찬성했습니다. "시바는 착한 고양이예요. 차라리 우리가 시

바를 기르고, 브렌다를 줘 버리면 좋을 텐데. 사람들은 대개 새끼 고양이를 좋아하잖아요, 무척 귀여우니까요. 하지만 자기네가 키우지 않은 어미 고양이한테는 별로 관심이 없어요."

에이프릴은 목이 메어 왔습니다. 가슴 아픈 장면을 상상했거든요. 불쌍한 시바! 돌봐 줄 사람이라고는 아무도 없는 외딴 곳에 버려져서, 겁에 질려 울부짖겠지. 에이프릴은 시바가 식구들에게 버림받았다는 사실을 깨달았을 때에 느낄 슬픔과 절망을 그려 보았습니다. 무엇보다 끔찍한 것은, 에이프릴이 더 이상 자기를 사랑하지 않는다고 생각하게 되리라는 사실이었습니다. 그건 정말로 참을 수 없는 일이었습니다. 에이프릴은 갑자기 마음을 바꿨습니다. 별수없어, 시바 대신 브렌다를 헬렌 이모네로 보내는 수밖에. 헬렌 이모는 브렌다를 기르고 싶어했으니까 친절하게 잘 보살펴 줄 거야.

바로 그 때에 엄마가 에이프릴의 방으로 조용히 들어왔습니다. 엄마는 허리를 숙이고 에이프릴의 뜨거운 이마에 차가운 손을 얹었습니다.

"에이프릴, 무슨 일이니? 왜 여태까지 안 자고 있어?"

에이프릴이 슬픈 목소리로 대답했습니다. "엄마, 전 괜찮아요. 그저 마음이 편치 않아서 그래요." 그리고는 팔을 뻗어 엄마의 목을 끌어안았습니다.

"오, 엄마! 헬렌 이모한테 브렌다를 주세요! 전 시바를 키울래요!" 에이프릴은 세차게 흐느껴 울었습니다.

엄마는 에이프릴을 달랬습니다. "그래, 에이프릴, 네 마음이 그렇다면 시바를 길러도 좋아." 엄마는 에이프릴을 욕실로 데려가서 얼굴을 닦아 주고, 울음을 멈추게 하려고 찬물을 천천히 마시게 했습니다. 그러자 울음은 차츰 가라앉았고, 이따금 딸꾹질만 났습니다. 에이프릴이 깨끗한 손수건을 손에 쥐고 다시 잠자리에 들자, 엄마는 구겨진 이불을 판판하게 펴 주었습니다.

엄마는 이불을 잘 덮어 주고 조용히 아빠를 불렀습니다.

"찰스, 잠깐만 이리로 와 봐요. 보여 줄 게 있어요."

아빠는 신문을 내려놓고 에이프릴의 방으로 들어왔습니다.

"무슨 일인데?"

"이것 좀 보세요. 에이프릴에게 새 침대를 사 주어야겠어요. 침대가 너무 작아요."

아빠가 보니 정말 그랬습니다. 에이프릴은 나이에 비해 몸집이 아주 작았기 때문에 오랫동안 아기 침대에서 잠을 잘 수 있었습니다. 하지만 이제 더 이상 아기 침대가 맞지 않았습니다. 다리를 쭉 뻗으면 발가락이 침대 밖으로 나올 정도였으니까요.

"정말 그렇구려. 이 침대는 너무 작아. 에이프릴에게 제대로 된 침대를 사 주어야겠어."

엄마가 고개를 갸우뚱거리면서 말했습니다. "하지만 이 아파트에는 새 침대를 들여놓지 못해요. 침대를 놓을 자리가 없잖아요."

아빠가 말했습니다. "그러면 좀더 큰 아파트로 이사하는 수밖에 없겠는걸. 어쨌거나 우리에겐 넓은 집이 필요해. 이 집은 너무 좁아."

그 순간 에이프릴이 벌떡 일어나 앉으며 큰 소리로 말했습니다.

"아빠! 새 아파트로 가게 되면 어떤 아파트로 하실 거예요? 그러니까, 여기처럼 고양이 한 마리용 아파트예요? 아니면, 아니면……." 에이프릴은 말을 잇지 못하고 애원하듯이 아빠를 쳐다보았습니다.

아빠는 잠시 머뭇거리다가 말했습니다.

"글쎄……. 마거릿, 어떻게 생각하오? 이번에는 고양이 두 마리용 아파트를 얻는 게 어떨까?"

엄마가 대답했습니다. "찰스, 정말 좋은 생각이에요. 우리 가족에게 필요한 집은

넓고 깨끗한 고양이 두 마리용 아파트예요. 에이프릴, 네 생각은 어떠니?”

에이프릴이 진지하게 대답했습니다. “엄마, 아주 멋질 것 같아요!”

아빠가 미소를 지으면서 말했습니다. “그럼 결정됐다. 우리가 고양이 두 마리를 다 기르도록 하자. 내일 아침에는 아파트를 알아보러 나가자꾸나.”

에이프릴은 엄마 아빠를 차례로 꼭 끌어안았습니다. 그리고는 거실로 뛰어나가 시바와 브렌다에게 기쁜 소식을 알려 주었습니다.

에이프릴은 다시 침대에 들어가서 이불을 덮고 누웠습니다. 에이프릴은 너무도 행복해서 시를 한 편 지었습니다. 제목은 '고양이를 위한 노래'였고, 그 시는 바로 이랬습니다.

> 가르랑…… 가르랑……
> 가르랑…… 가르랑……
> 따뜻하게…… 웅크린다네.

어느덧 에이프릴은 몸을 따뜻하게 웅크리고 잠이 들었습니다.